英国医学会组织

家 庭 医 生 丛 书

偏头痛与其他头痛

英国医学会组织编写

偏头痛与其他头痛

（英）Dr. Marcia Wilkinson 著
　　 Dr. Anne MacGregor

季 晓 林 译

福建科学技术出版社

(闽)新登字03号

著作权合同登记号：图字 13-2000-14

A Dorling Kindersley Book
www.dk.com
Original title: MIGRAINE AND OTHER HEADACHES
Copyright © 1999 Dorling Kindersley Limited,London
Text Copyright © 1999 Family Doctor Publications

图书在版编目(CIP)数据

偏头痛与其他头痛/(英)威尔金森(Marcia Wilkinson)，(英)麦克格雷
(Anne MacGregor) 著；季晓林译. —福州：福建科学技术出版社，
2000.10
(家庭医生丛书)
ISBN 7-5335-1691-5

Ⅰ.偏… Ⅱ.①威…②麦…③季… Ⅲ.① 偏头痛-诊疗② 头痛-诊疗
Ⅳ.①R747.2②R741.041

中国版本图书馆CIP数据核字(2000) 第26374号

家庭医生丛书
偏头痛与其他头痛
(英) Dr. Marcia Wilkinson 著
Dr. Anne MacGregor
季晓林 译
*
福建科学技术出版社出版、发行
(福州市东水路76号)
各地新华书店经销
福建省地质印刷厂排版
东莞新扬印刷有限公司印刷
32开   3印张   56千字
2000年10月第1版
2000年10月第1次印刷
印数：1-10000
ISBN 7-5335-1691-5/R · 332

定价：18.00 元
书中如有印装质量问题，可直接向承接厂调换

目　录

常见的头痛

头痛是一种很常见的症状，90%以上的人在其一生中某个阶段都有过头痛的体验，哪怕仅仅是饮酒过量宿醉后发生的头痛。

绝大部分的头痛持续时间很短，如酒后宿醉性头痛在数小时后缓解；伴随感染性疾病的头痛在原发病好转之后得到改善。

常见的主诉
工作精神压力、噪声、长时间注意力集中、眼疲劳、饮酒过多都可以引起头痛。

对病因明确的各种类型头痛，患者往往不在意，而病因隐匿的各类型头痛，常会导致患者过分的关注和焦虑。所幸的是大多数头痛的结局并不是灾难性的，如脑肿瘤或脑卒中；大部分头痛属于良性、复发性的一类，它至少占头痛发作者总数的3/4。最常见的头痛，多就诊于社区医生。

对常见的各种头痛的诊断相对而言比较容易，且直截了当。在体格检查没有发现神经系统的异常表现时，就应要求患者完整地叙述头痛病史，以便医生做出正确诊断。就诊的时候常常会听到医生提到"偏头痛"、

"紧张性头痛"、"局部的头颈部肌肉性疼痛"等名称，下面提供的几种不同类型头痛的病例，可以为你提供头痛诊断的线索。

病例1：偏头痛

激素的影响
S女士怀孕时头痛缓解，但是当停止哺乳后，头痛又很快复发。

S女士，35岁的家庭主妇，婚后生育了3个孩子。在她孩提时代，易发急躁情绪，并常常晕车，因此她的父母常常让她坐在车子的前排座位上，在乘汽车长途旅行时，他们总要带个装呕吐物的桶。

她5岁情绪急躁时伴有轻微的头痛，每2~3个月发生一次，且大都在情绪激动时发生，比如参加朋友聚会或观看马戏表演时。12岁月经初潮，此时头痛有所变化，虽然头痛仍旧是2~3个月发生一次，但发作起来更剧烈，像是大病一场，不能进食，有时还发生呕吐。在她成年以后，头痛有所缓解，每1~2年发生一次。

她开始工作的职业是秘书，然而头痛又频繁发作。此时她正在服用避孕药，同时注意到头痛的发生与月经周期吻合。她23岁结婚，婚后一年有了第一个孩子。她每次怀孕期间很少发生头痛，但孩子断奶后头痛又和以往一样发作起来，往往持续1~2天，但发作周期变得没有规律，有时一个月发生2次，而有时又好几个月不发生偏头痛。

32岁时她有了第3个孩子。此后偏头痛的发生略有改变，虽然她不再服避孕药，但头痛的发生又和月经周期相关联。每次头痛发生前频繁打哈欠，同时感到疲倦。有时头痛前眼睛会出现闪光和曲折的线条，大约持续半小时。随之而来的是曾经发生过的偏头痛，即头部右侧剧烈疼痛，感到恶心并伴有呕吐，常常因头痛惊醒，头痛要一直持续到她渐渐入睡。

S女士看病时，医生嘱咐她当感觉到头痛先兆时服用对症药物。10分钟后她服用3片阿司匹林或2片去痛片，医生告诉她在手提袋里备置好上述药物至少是一次的应用剂量。她发现这种简便的治疗就能控制头痛的发生，而且头痛也不再持续数小时，不必再躺在暗处。她还坚持做好头痛的病情记录，这样有助于确认偏头痛的诱发因素，可以有效地防止头痛的发生。

病例2：紧张性头痛

J女士，36岁，在一家房地产代理公司当秘书，偶尔发生头痛，并且常常服两三片

控制疼痛
S女士发现她的偏头痛可以被治疗关节炎的阿司匹林，对乙酰氨基酚(扑热息痛)等药物所缓解。

去痛片头痛就能缓解，一向身体很好，只有去年有一次因为肺部感染才到医院看病。

最近，J女士越来越担心自己的工作。因为许多朋友都失业了，J女士害怕将来有一天她也会和他们一样。

一开始，J女士每周有1～2次的头痛，但是后来她每天早晨醒来都会感到头痛，同时围绕在头部有重压的感觉，服两三片去痛药就可有效止痛，并使她可以开始工作，但几小时后又发生疼痛。一天苦熬下来，她感到注意力无法集中，十分疲乏，稍微有些心烦就想掉眼泪，夜间难以入睡，经常一早就醒来，对所有的事情都感到担忧。她的丈夫又失业了，仅靠J女士的收入，无法归还抵押的贷款。

紧张型头痛
焦虑和思想压力常是头痛的原因，J女士经过抗抑郁的相关治疗，头痛次数减少。

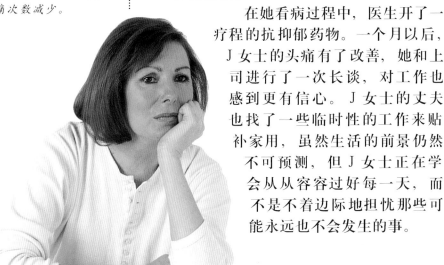

在她看病过程中，医生开了一疗程的抗抑郁药物。一个月以后，J女士的头痛有了改善，她和上司进行了一次长谈，对工作也感到更有信心。J女士的丈夫也找了一些临时性的工作来贴补家用，虽然生活的前景仍然不可预测，但J女士正在学会从从容容过好每一天，而不是不着边际地担忧那些可能永远也不会发生的事。

病例3：头、颈部痛

P先生，62岁，一家电器公司的总经理。他30岁时，曾因摩托车事故右肩部受伤，除此之外他不曾有过长时间的病患。

在过去的10年中，他注意到头痛越来越频繁，上个月头痛就持续了20天。特别是疼痛常常在睡醒或长时间驾车以后有所恶化，携带重物也可诱发疼痛。右耳后部是疼痛发生的固定部位，有时疼痛可以从颈后部一直波及右眼部。

P先生通常必须斜靠在椅背上，缓慢地活动，转动头部，颈部肌肉的伸展似乎会减轻疼痛。在家里，他要浸泡热水浴以缓解头痛。阿司匹林虽然可以缓解头痛，但他不喜欢依赖去痛药物止痛。

最后P先生对持续的疼痛难以忍受，他求助于医生，医生认为是右侧肩部和颈部的肌肉疼痛引起的头痛，对他进行物理治疗和服用一疗程抗炎药物。医生认为如果病情经简单的治疗还不能好转的话，建议P先生找风湿病专科大夫进一步诊治。

反复发作的头痛（无恶性病因）

- 偏头痛
- 紧张性头痛
- 头、颈部肌肉痛引起的头痛

头痛的类型

正如你所了解的那样，每一种头痛都有其各自的特点，有关内容将在"偏头痛的类

回忆过去的病史
肌肉痛和早些年受伤有关系，这样就可以解释P先生为什么这些年反复地发生头痛。

型和诊断"章节里进一步陈述(见第29～36页)。虽然所述的这些现象可以见于大多数的头痛患者，特别是基层医生所常见的那些类型，然而头痛至少有100种发病因素。国际头痛学会的专家们已尝试着将头痛分成不同的类别，除了偏头痛、紧张性头痛外，其他类别有：与头部创伤有关的头痛，与血管疾病有关的头痛，与某些物质戒断有关的头痛等等。

医生对头痛的诊断有赖于了解患者的发病经历，并进行体格检查，以及进行相应的辅助检查。有关细节可参见本书第76～86页。限于本书的篇幅，要详尽地描述所有的头痛类型及其发病因素难以做到，也是不现实的。作者希望通过这本书可以使您对所患的头痛有一定的了解，并知道怎样妥善处理所遇到的病痛。

如果你对自身的头痛仍有疑问，不要担心害怕，应找医生进一步咨询。这样有助于消除疑虑，特别是不健康的心理负担有使头痛加重的可能。

要　点

● 超过90%的人，在其一生当中都会有
头痛的体验。

● 不同类型的头痛有其各自的特点。

● 大多数头痛的预后并不险恶。

什么是偏头痛

偏头痛可以定义为间歇性发生的头痛，持续时间在4~72小时不等，伴有恶心和呕吐，有些偏头痛发作前有先兆(典型偏头痛)，主要是视觉症状。发作间歇期疼痛表现可以完全消失。天天持续的头痛不是偏头痛。

典型症状
偏头痛常常发生在头的一侧，伴随有恶心、呕吐并畏惧亮光。

英语中偏头痛一词migraine是由hemicrania衍化而来，意思是发生于头颅一侧的头痛，虽然这类头痛有时也表现为整个头部的疼痛。但是患者在头痛之外还有更多的不适，头痛可能不是主要表现。大部分的患者同时感到倦怠、恶心，常常无法进行日常工作。

有些患者不得不一直呆在安静、黑暗的房间里，直到头痛结束。大部分的患者甚至是想到食物都感到难受，但是另一些人则发现进食可缓解恶心的不适感。

偏头痛发生时患者好像受到重创，身体的机能活动也像是要停止下来，一直持续到头痛缓解以后。昏昏欲睡、懒散是常见的表现之一，这时如有工作要完成，就需花费双倍以上的时间。胃功能受到影响，使药物吸收发生困难，特别是使头痛的治疗受到延误。有时呕吐过后偏头痛得到缓解，但在大多数情况下，患者经过充足的睡眠以后，偏头痛会好转或逐渐消失。

一次的偏头痛发作可以造成严重的恐惧感，那些有过视觉短暂障碍先兆感的患者，常常难以摆脱永远失去视力的恐惧。偏头痛患者经常担心是否患了脑卒中，怀疑得了脑肿瘤。

所幸的是，上述恶性因素是很少见的，偏头痛其他症状表现在出现头痛之前。虽然偏头痛发病时的表现是紊乱的，但它不危及生命，发作间歇期患者身体还原如常人。

偏头痛的症状

- 头痛
- 视觉紊乱
- 恶心，呕吐
- 讨厌亮光
- 厌恶食物
- 嗜睡

发作的持续时间

偏头痛的疼痛可以在发病24小时之内得到逐渐缓解，但其他任何一种临床症状要持续1~3天。因为头痛过后患者依然疲惫不堪，所以通常需要一天或更长时间来恢复到正常状态。很多患者在发作后感觉格外好，这可能是因为刚从痛苦中解脱，有一种释怀感。

儿童偏头痛发作常短暂而急骤，仅持续数小时。随着年龄增长，发作持续时间延长且程度有所减轻，发作前的先兆感觉更频繁。

在发作的间歇期，偏头痛患者如同常人，忘掉了痛苦，直到下一次发作。

发作的频率

偏头痛的发作频率在不同患者之间以及在同一病人身上都是不恒定的。可以是每月1～2次，但有一些更不幸的人可以是每周就有1～2次发作。有时没有明显的原因也可看到间隔数月甚至数年头痛才发作的现象。总的来说，在55岁以后发作次数明显减少，虽然并非所有的病人都是这样。

偏头痛常见吗

根据保守的估计，在英国至少有500万人患偏头痛，相当于总人口的10%。确切的数字难以得到，因为有些人一生中有3～4次头痛发作，他们并没有意识到所患的就是偏头痛。大部分的人口资料研究的数据是来自问卷调查的结果，而问卷调查对诊断难以做到确切，因此提供的数字会有一定的误差。

偏头痛患者占人口10%，难以估计其影响程度，有多少新增加的病人也难以估算，部分原因是因为偏头痛患者很少找医生看病。

许多患者曾目睹与他们有同样病痛经历的亲友是怎样遭受疼痛的困扰，同时也留下了错误印象，认为偏头痛的治疗方法不多还有另一些患者认为不要浪费时间找医生因为在头痛间歇期，他们的健康状况和常人一样。

另一个问题是被普遍接受的偏头痛的定义是在1988年才被采用。在此之前所进行的研究，由于采用不同的诊断分类标准，因而研究所得的结果无法比较。

采用新的疾病诊断标准的几项研究已进行，这些来自不同国家的研究结果是一致的。

在丹麦对1000名年龄在26～64岁的男人和妇女进行全身健康状况和头痛的调查中，研究人员发现8%的男人和25%的妇女在他们一生中可能有过一次偏头痛发作。

在美国进行的另一项调查，采用书面调查的形式向15000户家庭分发问卷。回收了63%的问卷，受调查人的年龄在12～80岁之间。对问卷进行分析显示6%的男性和18%的女性每年曾有一次或多次的偏头痛。

什么人患偏头痛

偏头痛通常在少年时期或青年时期开始发病，患病者大约占总人口的10%。

性别

偏头痛在女性中多发，男女之比是1：3。女性中激素水平的改变被认为是产生性别差异的主要原因，事实也说明在青春发育期以前男孩和女孩的发病率是一样的。

性别差异
青春期以后，女性患偏头痛的比例是男性的3倍。

年龄

至少90%偏头痛患者首次发病的年龄在40岁以前。大多数在少年时代或20岁以前首次发病，虽然儿童甚至幼儿也发现偏头痛病例。但很少有50岁以后才首次发生偏头痛的。

即使偏头痛发病于青年时期，但在年纪大了以后也才可能造成大的麻烦。研究显示妇女在中年以后更可能会发生与偏头痛有关的问题，而男性的偏头痛一生中很少变化。

不论是男性或女性，随着年龄增高，偏头痛也随之改善，但有一些患者偏头痛发作仍然存在。

智力

多年来人们曾想像偏头痛患者的智力较

高，这种神话很快被打破。调查研究表明，受过较多教育的人更愿意找医生并接受治疗。事实上偏头痛的发生不受种族、智能、社会地位的影响，任何阶层的人都可能发病。

诱发因素

虽然医生们不清楚为什么会发生偏头痛，但已知道有一些因素在诱发这种疾病。大多数患者可能了解或被告知应避免进食奶酪、巧克力和红酒。

不幸的是，对于大多数患者来说，简单地避免某些食品并不能充分有效地预防疾病的发作。这是因为诱发因素需经时间的积累，才会超过发作阈，从而诱发偏头痛。这就可以解释为什么少吃一餐饭或喝一杯红酒并不一定都会诱发头痛。

当有其他诱发因素并存时，如果你喝了一杯红酒，头痛就会发作，这些并存的诱发因素可能是：工作一天之后的疲劳、精神压力或月经来潮。

虽然发作一如既往，但诱发因素却可能随着时间而改变。精神压力、经常熬夜都可能是青年患者的主要诱发因素。而年龄增长以及颈、背部的病痛可能起主要的诱发作用。

偏头痛的病因
特别是食物、酒精类饮料可以成为诱发偏头痛的发作原因。红酒是常见的诱因。

特别食物

20%的偏头痛患者发病可能和某些食物有关，最常见的是巧克力、奶酪和柑橘类的

19

偏头痛发作的诱发因素

本表所列的诱发因素都是最常见的，但并非每次发作都是由下列所有因素所引起，一般地说诱发因素至少在一个以上。

进食不足　　　　　用餐时间推迟(误餐)
　　　　　　　　　　未用餐
　　　　　　　　　　营养缺乏

特殊食物　　　　　奶酪、巧克力、柑橘类水果
　　　　　　　　　　酒
　　　　　　　　　　咖啡、茶
　　　　　　　　　　甜食

睡眠的改变　　　　睡懒觉
　　　　　　　　　　缺乏足够的睡眠

头、颈部疼痛　　　眼、鼻窦、颈、牙齿、腭部疼痛

情绪诱因　　　　　精神压力、焦虑

环境因素　　　　　太亮或闪烁的光线
　　　　　　　　　　过度疲劳
　　　　　　　　　　旅行
　　　　　　　　　　气候改变
　　　　　　　　　　刺鼻的气味

女性的激素变化　　怀孕
　　　　　　　　　　口服避孕药
　　　　　　　　　　激素替代治疗
　　　　　　　　　　月经周期

水果，特别是红酒。有明显的证据表明在一些敏感人群中某些食物可以诱发偏头痛。还没有科学依据可以证明偏头痛的发病与变态反应有关。食物不能耐受是被广泛接受的术语。用于测试食物不可耐受性的变态反应试验价值不是很大，因为这种试验敏感性和特异性都较差。

不管诱发机制是什么，许多患者都应严格限制有可能诱发头痛的食物，但不能仅凭一次的经验作出判断。当你考虑某一食物可能会诱发头痛发生时，在2个月内限制进食该食物，把头痛变化的情况用日记本记下来。如果头痛并未缓解，该食物可恢复食用，重新开始对另一可疑食物的观察，同样禁止2个月。虽然行之有效的办法是将所有可能诱发头痛的食品都严格排除在食谱之外，但是可能导致严重的营养不良，因此这种方法只能在医生或营养师的监护下进行。

大部分患者发现他们可以通过发现其他诱发因素来控制头痛的发作，而食谱只需进行很小的改变。

帮助你自己
有些患者发现食谱的改变可以缓解偏头痛发作。健康的小点心，少吃多餐可以减少头痛发作。

进食不足

不能正常地进食三餐，仅仅以点心或甜点代替，正常饮食都可诱发头痛。早餐很重要，有些偏头痛患者在频繁发作间歇期进食少量有营养的点心来控制头痛的发作。

睡眠方式的改变

夜间失眠，过度劳累和太多的熬夜会引起疲倦并可能诱发偏头痛，反之睡眠比平时多出半小时或者卧床小睡在许多患者也会引起头痛。遗憾的是，这类头痛通常发生在周末，大家本需要休息的时候。

妇女的激素变化

许多妇女偏头痛和月经周期有关系，很多人第一次发病是在月经初潮时。口服避孕药也可能加剧偏头痛。如果发作频繁、疼痛加剧要停止服避孕药。典型偏头痛类型的女患者应避免应用避孕药。同样，如果偏头痛由普通型向典型发作转变也应停用避孕药。

怀孕3个月后的女病人常常有偏头痛缓解的现象，但在孩子出生之后，偏头痛又发作了。

绝经期是偏头痛女病人最难过的一个时期，有关女患者中应用激素替代疗法的效果，人们了解得并不多。头痛和激素的关系问题将在后续章节叙述(见"女性头痛"，第46～54页)。

头部和颈部疼痛

颈肩部的肌紧张问题很常见，特别是全天伏案工作和操作电脑，或长时间驾驶，颈部和头部局部疼痛可诱发偏头痛或其他头痛。

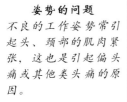

姿势的问题

不良的工作姿势常引起头、颈部的肌肉紧张，这也是引起偏头痛或其他类头痛的原因。

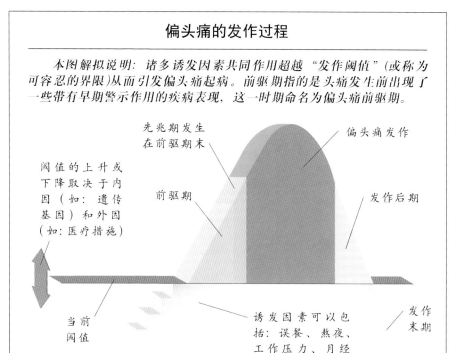

偏头痛的发作过程

本图解拟说明: 诸多诱发因素共同作用超越 "发作阈值" (或称为可容忍的界限)从而引发偏头痛起病。前驱期指的是头痛发生前出现了一些带有早期警示作用的疾病表现, 这一时期命名为偏头痛前驱期。

先兆期发生在前驱期末

偏头痛发作

阈值的上升或下降取决于内因(如: 遗传基因)和外因(如:医疗措施)

前驱期

发作后期

当前阈值

诱发因素可以包括: 误餐、熬夜、工作压力、月经周期等等。

发作末期

随着身体老化, 骨关节的变化, 有时可以成为偏头痛的诱因, 因为维持骨关节稳定的肌肉群会因此承受更多的张力(如维持颈椎结构稳定的颈部肌群)。

有时牙痛(如智齿)、下颌关节痛都可成为诱因。特别是晚上有磨牙习惯或下颌关节活动受限不能张口时, 求助牙医将很有帮助。

运动

激烈的体育活动可以成为偏头痛的诱发

因素，特别对于缺乏锻炼，身体素质较差的人来说更为突出。有规律的锻炼身体而不是过度运动有助于减少偏头痛的发生。有节制的运动将提高呼吸系统功能和使肌肉强壮。

体育锻炼可以激发机体自身释放天然的止痛物质，并促进全身心健康发展。

旅行

长途旅行要特别小心，尤其是饮食和睡眠。时间规划要充裕，不要太匆忙，一旦就餐时间推迟，就应该及时补充一些食物。

心理压力诱发头痛
有些患者发现偏头痛发作和焦虑心情以及心理压力有关系。

精神紧张

焦虑和激动在偏头痛发作过程中起着重要的作用，其他诱发因素如进食不良、失眠都和精神压力密切相关。有些患者在精神紧张时发作次数增加，另一部分人克服紧张情绪，但仍发生偏头痛，当他们最终有机会得到放松的机会时并克服紧张情绪但仍发生偏头痛。即使是高兴的事情也会引起精神紧张，如工作岗位的变动或被委以重任的时候。精神紧张的表现形式不能区分得很清楚，但重要的是应该了解什么情况下出现精神紧张，并寻找适当的应付方法。

其他因素

强光、噪声、刺鼻的气味、天气变化、烟雾环境和闷热不通气的房间都可能是诱因。为什么有些人会受到偏头痛的袭扰而另一些人不会呢？疼痛是以一种自然的方式告知你发生了什么麻烦，并可以帮助你防范对身体的进一步伤害。因此偏头痛的发生可以认为是一种防御机制，以抵抗刺激诱因进一步扩大。大部分人认为偏头痛有家族性，从母亲传到女儿是典型的表现。虽然偏头痛患者确实大都有家族史，但致病基因尚未得到证实。

要 点

● 偏头痛是一种反复发生的头痛，持续4～72小时，伴随有恶心和呕吐。

● 偏头痛发作频率，在不同患者是不一样的，即使在同一病人身上也不是恒定的。

● 患偏头痛的女性比例高于男性，初次发病的时间很少在50岁以后。

● 脑血流的改变被认为是偏头痛发作的基础，诱发因素也常常包括在其中。

偏头痛的病因

偏头痛有许多症状表现，曾经引出许多种有关病因的理论。公元30～90年间将病情归因于寒冷和干燥的气候。

盖伦(Galen)认为偏头痛是由于黑胆汁使脑受到刺激而引起。在11世纪，萨拉宾(Sarapion)则认为偏头痛的发生是由于冷或热的物质经消化道传入脑内而引起。

血管学说

直到17世纪，许多科学的论点才被确认。托马斯·威利(Thomas Willis)早已关注到偏头痛的许多诱发因素，包括饮食。也曾推测偏头痛的发生和脑内血管扩张有关。偏头痛的血管学说一直沿用至今，同时确信许多偏头痛的治疗方法是使充血的血管收缩。在18世纪末期，埃拉斯缪·达尔文(Erasmus Darvin，进化论奠基者查尔斯·达尔文的祖父)建议让偏头痛患者置于离心机内旋转，使头部血流向脚部，以此来缓解血管的充血肿胀。幸好，这种疗法并未被

有争议的论点
公元1世纪，亚里特斯(Aretaeus)提出冬天寒冷的气候条件可以导致偏头痛。从那以后提出了更多的科学论点。

偏头痛发作时的脑部情况

　　目前对偏头痛的确切病因以及如何作用于脑部，还未完全明了并有争论。在头痛发生时，脑部的血管首先是收缩（变窄）而后才是扩张（不正常地肿胀），导致供应脑部的血流失去平衡。

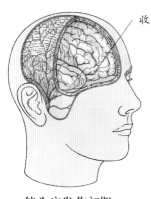

收缩的脑血管

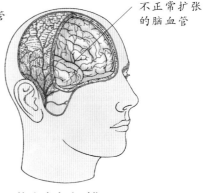

不正常扩张的脑血管

偏头痛发作初期　　　　　　　　偏头痛发生时期

实施过。

神经病学学说

　　1873年，爱德华·列文(Edivard Liveing)的理论认为，偏头痛是由于神经激动或失控所引起；其根源在大脑。其他研究者也随其后提出了相应的神经病学论据。由此引发神经病学说与血管学说哪一个正确的持续争论，有时达到白热化的激烈程度。

　　现在医生们认为这两个方面都很重要。的确，血管充盈状况的变化可以诱发偏头痛发作，而类似的头痛现象也可以在神经系统发生变化时同样出现。

神经递质

近些年来，科学家研究脑内一些化学信息物质所起的作用，这些物质被称为神经递质。研究表明5-羟色胺起着重要作用。在偏头痛发作时，可以测得5-羟色胺浓度的明显变化，此时血清素从体内的内分泌组织释放到血管中。人们还发现注射5-羟色胺可以抑制偏头痛的发作。遗憾的是5-羟色胺不能用于临床治疗，因为它有很多严重的副作用。

尽管如此，治疗偏头痛的许多药物是作用在脑内5-羟色胺的传递途径上。

要 点

● 血管学说认为偏头痛是由于头部血管扩张引起的。

● 神经病学学说认为偏头痛发作的基础是神经系统内部的变化所致。

● 脑内有些化学信息物质即所谓神经递质，现今认为具有显著影响作用的是5-羟色胺。

● 许多治疗偏头痛的药物是作用于5-羟色胺。

偏头痛的类型和诊断

在英国偏头痛患者约占人口的10%。常发生偏头痛的患者认为，他们所忍受的痛苦是怎么想象都不过分。

偏头痛有两种主要类型：典型偏头痛在头痛的国际分类法中称之为有先兆的偏头痛；普通型偏头痛在国际分类法为没有先兆的偏头痛。两种发作类型可以并存，7%的偏头痛患者既有典型发作，也有普通型发作。除了患者是否有先兆的差别外，两种发作类型的其他临床表现基本一致，大约10%的偏头痛患者发作时仅有先兆而随后并无头痛。

两种类型的偏头痛大都是一侧的头痛，但有时也表现为双侧的头痛。但对有些头痛

痛得不能动弹
偏头痛可使人极为痛苦和失去工作能力。大部分患者在发作时只愿意睡在暗室中等待头痛缓解。

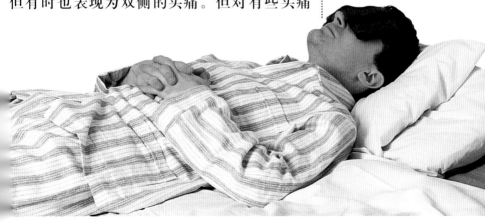

偏头痛发作的各个阶段

典型偏头痛和普通偏头痛两者的病程已有适当的分期，本表对这两类进行分期比较。

发病阶段	典型	普通型
第一阶段	前驱症状	前驱症状
第二阶段	先兆感	头痛
第三阶段	头痛	恢复
第四阶段	恢复	——

发生于哪一侧却时常变化，有时在右侧，有时在左侧。疼痛的严重程度也大不相同，从令人心烦的持续性钝痛，到难以忍受的搏动性疼痛，不一而足。

和头痛一样，大多数患者感到恶心，大约25%发生急性呕吐，少数患者伴有腹泻。

一次偏头痛常持续数小时到72小时。在两次发作之间有症状缓解期，最少也要72小时，但常常会更长一些。

典型偏头痛

注意

持续的每天头痛一定不是偏头痛

这是最显著的偏头痛类型，但只占偏头痛患者的35%。在头痛、恶心和呕吐之前有眼前闪光或其他感觉性先兆表现。这一类型偏头痛分为四个期：前驱期(早期预警症状)、

偏头痛的疼痛区域

在偏头痛的发作时间里，疼痛通常固定在一侧并且相当严重，但每一次不同的发作期头痛部位可能发生在不同侧。

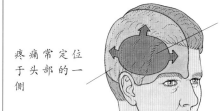

疼痛常起始于额颞部并向周边扩散

疼痛常定位于头部的一侧

先兆期、头痛期、恢复期。

前驱症状

大部分患者早期都无法认识前驱症状，因为此期的疾病表现不恒定。有时候这些表现是先由家庭的其他成员发现之后，患者才意识到。这些表现可持续1～2小时，最长达24小时。

先兆

前驱症状之后紧接的是先兆表现期，一般持续10～60分钟，"先兆"一词习惯上是用以描述典型偏头痛患者头痛发作前的症状。各种各样奇异的视觉紊乱可以在先兆期中发生。简要地说有以

前驱期的症状

- 活动笨拙
- 打呵欠
- 疲劳感
- 颈硬
- 口渴
- 对光线、声响敏感
- 易怒
- 喜爱甜食

先兆期的症状

- 视觉受干扰
- 言语错乱
- 乏力
- 感觉紊乱

下几种：如闪亮的星星、火花、闪电、弯弯曲曲的或几何图形的影像出现在视野当中。可能患者会诉说眼前有闪亮的星星，有时其中一颗星较其他要亮许多，开始出现在视野的较低位，同时很快地在眼前快速通过。在另一些时候，先兆感包括在视野中出现微微波纹，微光闪烁或波浪起伏样的感觉，有时还会出现短暂视野缺损。弯弯曲曲的光线有如城墙建筑(城堡样光谱)也可以出现。

偏头痛的其他特征

除了先兆期以外，典型偏头痛的其他临床表现和普通型偏头痛是一样的。

- 头痛：头痛多明显发生于一侧，并可能相当的严重，大约1/3患者的头痛发生于头部的两侧，持续发生4~72小时，这种疼痛通常发生于额部或颞部，但发作初期可能从背部和颈部开始。经常发生在凌晨，因此有许多患者是在疼痛发生时醒来。
- 畏光：不喜欢亮光，头痛时有80%的患者有畏光现象。
- 恶心、呕吐、腹泻：头痛发生时大约95%的患者有恶心感，25%发生呕吐，20%出现腹泻，有时呕吐十分猛烈，以致于患者无法服药。如果出现这种情况可用栓塞药剂雾化吸入或注射药物。

感觉异常的表现有刺痛、麻木感，通常发生于一侧或双侧的手前臂或口的周围。典型的刺痛可以起始于手指逐渐向上发展到前臂，此过程大约15～20分钟以上。有时还有言语困难的现象发生，以及精神错乱或手臂乏力等，但这些都很少发生。

上述疾病表现在10～60分钟以后消退，随之而来的是头痛、恶心和呕吐。如果这些疾病现象超过1小时仍持续存在，患者应及时上医院就诊，因为这可能预示潜在着更具危险性的疾病。

城堡样光波
这幅画为一位偏头痛患者所绘，描述先兆期的感受。典型偏头痛先兆期的视觉紊乱包括闪光、亮点以及各种弯弯曲曲的光波。

普通型偏头痛

此类型的发作和典型偏头痛差不多，也是由前驱症状期开始，但没有先兆期，如同命名所提示的那样，普通型偏头痛是最常见的发作类型，大约占偏头痛发作者的65%。

丛集性头痛

此类头痛常常与偏头痛混为一谈，实际上此类头痛在许多方面和典型偏头痛或普通型偏头痛不一样，男性患病率高于女性，初次发作多在30岁左右。本病少见，发病人数少于人口总数的1%。

之所以称之为丛集性头痛是由于头痛发

丛集性头痛的表现

丛集性头痛，典型的发作大都见于老年男性，疼痛常发生在头部一侧，常常波及眼眶四周。

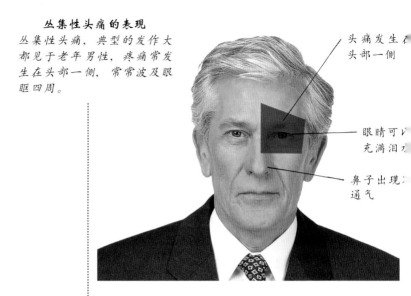

头痛发生在头部一侧

眼睛可以充满泪水

鼻子出现不通气

作的趋势是一阵阵的反复性头痛，如此发作可持续4～8周时间。每次发作时间在数分钟内，持续大约45分钟。在丛集发作期，每天可以发作数次，常在睡眠中发生。患者常常从睡眠中痛醒。

每一阵发作，疼痛始终发生在头部的同一侧，同时眼部周围也感到剧烈疼痛，可能从眼眶放射到同侧颞部、下颌和牙龈，较少超过半侧头部。疼痛剧烈时，同一侧的眼睛瞳孔会缩小，眼球结膜充血、水肿，有时还可出现眼睑下垂。

有些患者在疼痛一侧的面部大量出汗，出现鼻塞，同一侧的皮肤变得敏感起来。

丛集性头痛的疼痛相当剧烈，且痛苦难当，以至于患者常常来回踱步或前后摇晃坐立不安，试图从极度痛苦中摆脱出来。

这种剧烈的疼痛可以是搏动样或抽痛，但常见的描述是烧灼痛、钻痛、撕裂痛或挤压痛。每阵或每次发作之间，在眼睛的周围区域可伴有类似碰撞后的挫伤感。

许多患者可能因为在一阵发作过后的间歇期饮酒而导致头痛发作。但在丛集性头痛发作期之外，这些患者还是可以饮酒的，因为不会诱发头痛发作。

科学技术的洞察力
神经病学的辅助检查包括正电子脑断层扫描，可以提示脑的不同部位血流情况，包括缺血区域。

偏头痛的其他各种类型

偏头痛还有一些少见的特殊类型，其中一种是眼肌瘫痪型偏头痛。常发生在6～12岁的少年，在头痛的同时还可以有眼肌乏力的现象。另一类型是被医学上称之为基底动脉型偏头痛，伴有头晕、站立不稳或言语困难。其他更为少见的类型是偏瘫型偏头痛，常伴有可恢复的偏侧肢体乏力的现象。在患者的家族中常可见同样发作病史的成员，偏瘫的肢体都在同一侧。

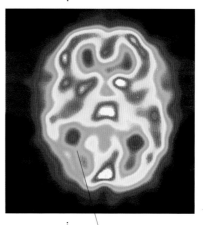

偏头痛发作时
脑血流紊乱区

诊断

偏头痛的诊断有一定的难度，因缺乏特异的辅助检查手段。其诊断主要依靠病史和体格检查，询问有关的发作频率、类型、头痛部位和诱发因素可以有助于诊断。偏头痛、紧张性头痛和头颅局部肌肉性疼痛占所有头痛患者的90%，这些诊断大都经社区医生咨询会诊后得出，这些头痛如果是分别发生则容易做出分别的诊断，但如果是两种以上类型混在一起且同时发生，则诊断会较为困难。

在诊断少见的类型之前，应该做好鉴别诊断，排除有类似临床表现的其他疾病。这就需要神经病学专科医生的帮助。除了详细了解病情以及体格检查外，可能还要进行CT或MRI检查，这些都是痛苦少但很有特异性的观察头颅及大脑有无病变的检查，但花费较大，不作为常规检查项目，除非神经病学专家认为十分有必要才进行检查。

要 点

- 偏头痛有两大类型：典型偏头痛(占发作人数的35%)和普通型偏头痛(占65%)。
- 典型偏头痛发作包括4期：前驱症状期、先兆期、头痛期和恢复期。普通型偏头痛没有先兆期。
- 偏头痛的疼痛常发生在额颞部，常为一侧性，疼痛剧烈。
- 丛集性头痛(常和偏头痛混淆)常常是眼眶周边部位的疼痛，它放射至同侧的颞部、下颌以及牙龈。
- 偏头痛缺乏相对应的辅助检查手段，其诊断靠患者的病史和体格检查的结果。

怎样忍受偏头痛

许多偏头痛患者对自己的朋友、家人及同事隐瞒偏头痛病史，常常是因为害怕被人看成是神经过敏。医生及其他医务人员正在努力消除这种思想误区，帮助偏头痛患者和其他人正确认识偏头痛是一种器质性疾病，应该认真就医求治。

偏头痛患者协会是由患者自行组织的团体，目的是为了患者自我帮助。在一次成员会议上，当问及对偏头痛是否存在社会偏见时，近3/4的听众回答"是"。2/3的人说头痛时他们仍坚持工作，因为周边的人并没有把偏头痛当作一回事。还有一些人害怕失去工作，尤其是上班时，因偏头痛发作暂停工作而正好被老板看到。那些在家的患者也觉得生活过得不好，他们抱怨说头痛剧烈发作时，要对付吵闹的孩子、烦人的家务是非常困难的。

偏头痛可以使患者的生活发生混乱，对于没看到患者发病情况的人来说，偏头痛患者不发病时看起来完全正常，使得旁人很难真实地充分了解偏头痛患者所遇问题的实质。

继续工作

许多人认为在偏头痛发作时还是不得不继续坚持日常的工作安排。

　　大部分患者在工作和家务中都尽力克服病痛，但只要条件许可他们就立刻躺到床上、疲惫不堪。社交活动不得不取消，家庭生活混乱，家庭和朋友之间的密切联系受到影响。工作可能没受到严重的影响，但是闲暇的时间却失去了。

　　这一问题在一定程度上明显地取决于病情的严重程度，如发作的频度和间歇期的长短。幸运的是大部分偏头痛患者发作频率不高，去痛药片可对付病痛。只有当疼痛加剧、发作频繁时患者才会到医院看病。研究表明70%患者自行应付，仅仅30%会求助于社区医生。

　　这是一个不幸的现实情况，虽然还没有完全治愈偏头痛的办法，然而有许多服药或不服药的途径可以有效控制偏头痛。寻找对付偏头痛的办法并不都是很容易的，如果你能采纳家庭成员或朋友的帮助意见，以及接受医生的建议，一定会获得成功。

　　偏头痛的防治具有个体化的特点，可能对你来说某种方法是最有效的，但用于其他偏头痛病人可能会有不同的结果。

　　首先以最简单的方法来解决问题，每次选一种方法。如果你感到无效，应和医生取得联系，或找专科医生咨询。

自我预防

　　偏头痛患者可以通过细心观察每次发作

之前的感觉、行为、进食、饮酒的情况，从而减轻偏头痛发生的严重程度或减少发作次数。

记录发病情况

准确记录每次的发作是很重要的，可以帮助患者建立自己的预防方式。每当患者头痛发作时常常想怎样才能使偏头痛少发生，但在发作间歇期由于疼痛缓解，身体状况良好就给忘了，直到下一次发病才又想起。因此做好发病日记就是要让患者对每一次发作有一个记录依据，以便于分析病情。

记录诱发因素

记录诱发因素可以帮助偏头痛患者明了自身发病的奥秘、诱发因素(已在第19~25页讨论过其细节)通常是多因素联合作用，其强度集聚超过一定阈值后诱发偏头痛发作。多数患者至少对自己发病的某些诱因有所察觉。令人困惑的是某种可疑的诱因并不是总能引发偏头痛。

比起"发作的诱因是什么?"更为有用的提问方式应该是"发作的诱因有多少?"甚至在日常生活中也潜伏着许多未曾引起注意的诱发因素，因为其诱发强度较低，当达到一定累积量才会使头痛突然发生。由于患者发生头痛时不能详细记忆

坚持写好日记
无论什么时候偏头痛发作你都应该详细记录病情经过。你可以建立自己的发病档案，充分了解自身病情及特点。

发病诱因日记应该记些什么

- 日期(年、月、日)
- 一星期中的哪一天
- 发作是否在月经来潮时，发作开始的时间
- 有哪些临床表现，怎么开始的
- 发作持续了多长时间
- 进行什么样的治疗
- 治疗开始时间
- 治疗效果怎么样
- 发作是如何停止的

诱发因素，因此，每天对潜在的诱因做好记录是很重要的。

每天上床以前，看看常见的诱发因素一览表。对于当天出现的任何一个可疑因素做好笔记，如购物或误餐等等。女性患者应记录好月经周期以及经前期的症状表现。如果应用常规的药物，包括维生素或药店里买的药品都要记录。同样，使用口服避孕药或激素替代治疗也要做记录。

确定诱发因素

患者应该持续、完整地做好诱因记录和发作记录，直到至少有5次的发作记录。比较每一次的记录信息，观察是否有积聚的诱发因素和头痛的发生是同步的。回顾发作过程，是否可以发现有预警征象。研究诱发因素一览表，患者可以将它们分成两个部分，即：可控制的因素(如误餐、喝红酒)；无法控制的因素(如月经周期、旅行)。首先试着处理那些你可控制的因素，每次从可疑的发病诱因中去除一项，如果全部去除的话，可能就弄不清到底哪一因素与发病有关。如果在某段时间里，你感到特别压抑，应设法摆脱它，注意有规律地进食以及上床休息前设法使自己放松。

如果患者的发作有规律，大都在午前或傍晚，要考虑进餐时间。午前或傍晚需吃些小点心来预防发作。同样，如果晚餐吃得早

避孕药片

有些妇女口服避孕药可诱发偏头痛。典型发作是在暂停服药的那一周里发生。

并有早晨醒来发生头痛的现象，应该试试在晚上睡前吃些点心。

有些食品，特别是巧克力、酒精、柑橘类水果、奶制品及其他食物，已证明与偏头痛的诱因有关。由于每一次发作必然有数个诱因共同作用，因此随之而来的其他因素如能被确定或被排除，则食物的诱发作用将不是主要的。

如果你怀疑是某些食物诱发了头痛发作，就应该在数周内停止食用这些食物。

你可以反复多次地对同一食品进行检查。如果你考虑的食物种类较多，就应和医生联系，因为过度限制食物的品种有造成营养不良的危险。因此，这时应有专业人员指导，以便提供足够的养分。

奶酪与偏头痛
许多人发现奶酪会诱发偏头痛发作。如果你发现某种食物会使偏头痛加剧，应该试着将此类食物从你的食谱中剔除。

自助式治疗

如果你对即将发生的偏头痛的早期表现有足够的认识，你可以一步一步地想办法减轻偏头痛发作所带来的痛苦，包括选择你最合适的药物。

明确前驱症状

前驱症状是警示性的病情表现，在头痛前数小时就可以出现，这些在心情和行为

典型的前驱症状

- 笨拙
- 打哈欠
- 疲劳
- 颈硬
- 口渴
- 对声、光敏感
- 烦躁
- 渴望甜食

方面的敏感变化，可以发生于典型或普通型偏头痛发作之前。这些表现如不加注意很难发现，常常是由亲戚、朋友发现，而患者自己却没有察觉。常见的前驱症状有活动笨拙、打呵欠、疲劳感和烦躁，其他的表现还有颈部强硬、口渴、对声光反应过敏。

有些前驱症状被误认为头痛发作的诱因。对甜食的渴望可能表现为嗜食巧克力或其他类甜点。有些患者发病前极度兴奋，事后回忆以为是兴奋过度所引起，其实这些表现就已是发病的一部分。

认识了解上述前驱表现意义很大，如同避免已知诱发因素一样，可以有利于中止头痛发作。

随身携带至少一种适合于患者的药品，可以在预感发作前及时服用中止发作。应尽早服药，才能有较好效果。偏头痛发病时胃肠道的生理功能低下，因此药物吸收将受影响，药物血浓度无法达到正常水平。

头痛发作时怎么办

如可能的话尽量吃些东西。刺激性小的食品如：烤面包、饼干可以缓解恶心感；如果发生呕吐，吃些食物可以减少痛苦，这样比空着肚干呕好受些。有些患者愿意吃些甜食，其他则选择柠檬汽水或加糖的茶水。睡眠是帮助缓解头痛的自然途径。如果与偏头痛进行无谓的抗争，只能是延长头痛的发作。虽然不是每一个人都可在发病时放下工作上床休息，但至少可以放慢工作速率和强度。

在发病时找机会多做些简单的事务性工作，少做需要伤脑筋的事。不要吃得太饱，经常用些点心，同时服些去痛片来减轻病痛。

患者可以在肩上或最疼的部位放上暖水袋或冰袋，带上眼罩(可以从药店购买)。虽然大部分患者宁愿卧床，但也有少部分人认为发病时坐靠在椅子上更舒适。

自然的复原方法
如果可能的话，最好的对付偏头痛的方法就是上床休息，小睡数个小时。

什么时候找医生

如果患者觉得自己可以解决偏头痛发作问题，就不一定要找医生看病。如果对头痛的原因有疑问或发病形式有变化，一定要请医生帮助明确诊断。

头痛很少会是严重疾病所引起，但头痛有时可能提示某一潜在疾病的存在，此时的头痛仅是其表现之一，应予重视。

患者不要认为找医生会浪费时间，因为消除疑虑要比总是担心身体出问题要好得多。

对头痛的治疗离不开对药物的需求，然而医生可以从药理学角度提醒患者正确地使用去痛片或其他有助于减轻偏头痛的处方用药。即使患者在医生的治疗后没有明显好转，也很有必要再次就诊，尝试各种治疗方法，直至寻找到适合患者的有效治疗方法为止。

患者随身携带自己的发病日记和诱因记录。将患者曾经试用的各种治疗方法以及药物都列成表，注明如何使用，有什么样的效果。记录患者第一次头痛发作的时间以及历年来发病情况有什么变化。这些信息有助于医生更快捷地对患者的病情进行评估和诊断，更容易地制定出针对患者的合理治疗方案。因为偏头痛缺乏辅助检查的验证，所以医生无法直接告诉患者他所提出的第一个治疗建议就一定是最有效的方法，因而需要多次的随访就诊。现今还缺乏治愈偏头痛的有效方法，但积极治疗可以帮助患者恢复对偏头痛发作的控制能力。

专业医生的帮助
当你就诊时，医生会给予预防偏头痛的指导，同样的也会帮助你找到头痛发作时最合适的治疗方法。

要 点

- 为了确定一种有效的治疗方式，应坚持记录发病时的准确情况以及可能的诱发因素。
- 对于可疑的诸多诱发因素，每次仅取一项进行分析、排除。
- 未咨询医生前，不要禁食太多品种的食物。
- 发病时尽可能地进行休息。
- 如果患者感到忧虑不安，不要讳疾忌医。

女性头痛

你无法解释为什么女性头痛患者总是比男性多，"今晚不行，亲爱的，我头痛着呢！"这个笑话在英国广为流传。

激素性头痛
3/4 的偏头痛患者是女性，许多女性发现头痛和月经周期有关。

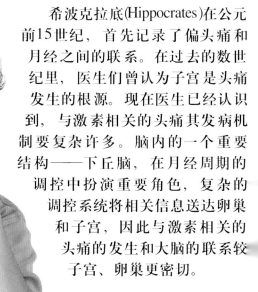

希波克拉底(Hippocrates)在公元前15世纪，首先记录了偏头痛和月经之间的联系。在过去的数世纪里，医生们曾认为子宫是头痛发生的根源。现在医生已经认识到，与激素相关的头痛其发病机制要复杂许多。脑内的一个重要结构——下丘脑，在月经周期的调控中扮演重要角色，复杂的调控系统将相关信息送达卵巢和子宫，因此与激素相关的头痛的发生和大脑的联系较子宫、卵巢更密切。

头痛与激素

有关女性非偏头痛性头痛患者和激素作用的关系研究不多。但是伦敦偏头痛临床专科医院通过对女性住院病人的研究结果提示，女性非偏头性头痛易在月经期发生，虽然这一联系也见于偏头痛女性患者。头痛也是已知的经前期和更年期症状之一。有些妇女察觉到口服避孕药会引起更多的头痛发作，这些表现有时会持续存在数个月，偶尔需要更换使用其他类型避孕药。除了上述特殊情况外，非偏头痛性头痛受激素变化的影响很小。

月经期偏头痛

伦敦偏头痛诊所的另一项研究提示：50%的妇女偏头痛发作与月经周期有关。被调查询问的妇女中15%认为第一次偏头痛发作和月经初潮在同一年发生，进一步的研究提示初期发生的偏头痛常常是不规则的，可以在经期的任何时间里发生。但到了35～40岁，这些患者会发现每月发生的头痛和月经周期会有一定的规律。有些患者在分娩后月经恢复时，这种规律更为明显。

我们研究发现，10%的妇女偏头痛发作和月经周期有关，常发生于月经来潮前的2天至出现经血的3天内，而在周期的其他时间则不发病。我们定义此类偏头痛为月经期偏头痛。月经期偏头痛和月经周期里女性体内雌

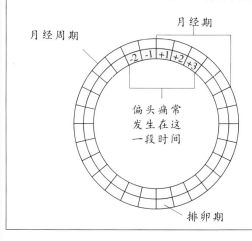

偏头痛和月经周期

研究表明偏头痛大都发生在月经来潮前 1 ~ 2 天, 并在月经来潮后最初几天内持续存在。

激素的下降有关, 这种情况下不需要进行相关的化验或辅助检查, 因为这不是其他疾病所引起的, 似乎月经期偏头痛患者对于激素含量的正常波动更为敏感。

偏头痛的非激素性诱因, 在月经期偏头痛发作时也有很重要的作用。研究表明激素水平的变化也可作用于其他类型偏头痛, 并成为诱发因素之一。

虽然通过补充雌激素可以防止体内雌激素的下降, 但是研究表明这种治疗并不是对每位患月经期偏头痛的妇女都是有效的。关于其他化学药物(例如前列腺素)对经期影响的研究也正在进行中。例如: 在月经期里女性患者对酒精和误餐等因素更加敏感而导致偏头痛发作。

━━ 女性患者的自我保健 ━━

如果你怀疑自己的偏头痛和月经周期有关，那么首先要做的就是做好日记。这将有助于确定头痛发作时间和月经周期的关系。对经前期身体的不适感和变化做好记录，如喜好甜食、乳房轻压痛等等，尽可能准确地记录偏头痛发作和月经周期的各种表现。对于每一次发作，要记下起始时间、持续多久、有什么不适的表现和感受；同时也要对施行的治疗进行记录，什么时候服药、药物效果怎样也应一一记录。如果月经周期有不同往常的疼痛或严重不适也要记载于日记中。对于非激素性的诱发因素也要记录，这些因素在发病过程中也占有重要地位(见第20页)。

几个月以后，可以回过头来复习一下记录并试试看能不能找出患者自己的发病规律。应特别注意非激素性偏头痛的诱因，因为预防和减少经前期的诸多诱发因素，可以有效防止和激素相关的偏头痛发作，如避免过度疲劳、不喝酒和小量多餐吃些点心，以保持血糖不下降。误餐或长时间不吃东西都可以秀发偏头痛。

补充维生素B_6或樱草花油可能有助于经

草药疗法

樱草花油含有γ一亚麻酸，可以缓解经前期紧张症状，包括头痛在内。

前期的症状治疗。如应用上述简单的治疗方法数个月后，头痛发作没有变化，或病症比较严重时，应求助于医师。

口服避孕药

大多数女性偏头痛患者服用避孕药后，并没有觉察到头痛发作有任何变化。少数人甚至觉得有所改善，而发觉头痛发作比过去严重或发作频繁主要见于月经周期中停用避孕药的那一周内。

非偏头痛性头痛和避孕药的使用也有类似的表现，但未最后明确这些问题之前，有必要继续服用避孕药数个月以便进一步观察。

大多数医生认为偏头痛女性患者服避孕药是安全的，除非她是有先兆表现的典型偏头痛患者。有时普通型偏头痛女病人在开始服避孕药时会转变为有先兆发作的偏头痛。在这种情况下应当停用该避孕药或换一种避孕方式。

这些指导方法是来自早期避孕药的研究结果。因为担心偏头痛，女患者对避孕药的副作用更为敏感。最初的避孕药含有较高的雌激素，对女性而言，雌激素会影响血凝，增加血管栓塞的危险性，无论她是否患偏头痛。这种影响明显见于吸烟的妇女。

现代的避孕药中雌激素的含量极少，对于不满40岁、不吸烟的健康女性而言，血管栓塞的危险也是非常低的。虽然现在的避孕药对偏头痛的影响不是很大，但也切不可掉以轻心。有许多不同的有效避孕方法，有些还比口服避孕药更有效，具体可以向专科医生或社区医生进行咨询。

怀孕

人们经常提及偏头痛在怀孕期间可以缓解，但实际情况并不是如此。有一研究指出，女性患者，如果其偏头痛曾经是和月经周期有关系，其中约64%的人的偏头痛发作并没有加重，仅有48%的妇女注意到怀孕时偏头痛病情得到改善。

总的来说，偏头痛在怀孕期可能更严重，但在3个月以后大约70%的孕妇患者注意到偏头痛有所改善，而另外30%孕妇其偏头痛没有变化，甚至恶化了。偶尔有些妇女在怀孕后第一次偏头痛发作，或由普通偏头痛转变为有先兆的偏头痛发作。

有些妇女在孩子出生后几个小时内就有偏头痛发作，其可能原因是睡眠被中断或其他诱发因素的增加所致。虽然，大部分的女性在生育后最终恢复原来的头痛类型和发作频率，月经周期恢复的同时偏头痛也重新发作，并且月经和偏头痛的联系更为密切。

孕妇偏头痛的治疗比较困难，因为孕妇服药须受限制。对乙酰氨基酚(解热镇痛药)是安全的，但是

怀孕和偏头痛
防止低血糖，孕期可以少吃多餐，还应注意防止过度疲劳。

要在头痛发作时就立即服用。少量多次进食防止低血糖，并确保有足够的休息时间。

偏头痛发作时采取对抗行为是不会有效果的，特别是怀孕的妇女，因为这样只能使偏头痛发作继续发展，病痛时间延长。

想获得更多的建议，可以参见"自助式治疗"（第41~43页），或去医院咨询。

子宫切除术

目前还没有证据说明子宫切除术有助于激素相关性头痛的治疗。正常的月经周期是人体内部多个器官相互作用、相互协调的结果。这些组织器官包括大脑、卵巢和子宫。

单纯切除子宫，即使停经，对相关的激素波动的影响很小。

绝经期

到伦敦偏头痛诊所就医的大部分是40刚出头的妇女。这个时期为女性生理周期的最后一阶段——绝经期作准备。这时卵巢产生的雌激素减少，相关激素之间的平衡状态受到影响，偏头痛发作较平常更为频繁和严重。

为数不多的研究指出，45%以上的妇女出现绝经期偏头痛加剧的现象，30%~45%的妇女则没有感到变化；而有15%的妇女认为偏头痛得到改善。至少可以认为有一部分绝经期患者的头痛加剧，不是直接由激素的改变而引起的，例如：更年期妇女常有夜间出汗增多的体验，由此导致睡眠受影响，进而产生疲劳感，而疲劳本身就是偏头痛的诱发因素。大多数女性偏头痛患者在绝经以后病情就逐渐平息下来。这可能是因为激素水平波动的终止或雌激素稳定于低水平的缘故。绝经以后数年，部分女患者仍有偏头痛发作，其原因尚不清楚。

激素替代疗法

绝经期妇女其卵巢失去分泌雌激素的功能，激素替代疗法可用于补充雌激素。早期的替代疗法主要是用于绝经期的症状，如潮热、夜汗等等。替代治疗使用的天然雌激素与药效很强的用于避孕药中的人工合成雌激素，有完全不同的作用，后者有可能增加脑栓塞的危险性。近来的相关研究表明激素替代疗法已应用多年，它可减少心脏病、中风、骨折的危险性。

失眠
绝经期许多妇女有夜汗增多的现象影响睡眠，导致过度疲劳，诱发偏头痛。

但激素替代疗法对于每一位妇女并不一定都合适和需要，也不是全无副作用的，除非子宫已切除，否则替代治疗必须应用常规疗程的孕激素治疗。孕激素参与月经周期的重建；雌激素也是一样参与正常月经周期。孕激素在防止雌激素过度刺激子宫内膜起重要作用，子宫内膜的过度受激可导致癌性改变。

许多研究人员注意到很多女性诉说更频繁的头痛是发生在雌激素治疗期间或治疗后短时间内。还可同时发生类似经前期的症状如：易激惹、压抑、乳房轻压痛、水肿等。

有关激素替代疗法应用于偏头痛的评估效果的研究很少。问题在于可以应用的替代疗法有很多的类型和方法。其中有每天使用的药片、凝胶；每周1~2次更换的膏药和每6个月一次的皮肤埋植的药片。与所有的激素的作用一样，激素替代疗法会加剧一部分妇女的偏头痛，而一些人则有改善。要找到有效的替代治疗方法，唯一的途径是亲自试一试。无论准备选择哪一类型的激素替代疗法，重要的是进行适应性的试验治疗，头3个月是机体适应激素水平变化的不平衡期。如果对某一种替代疗法感到不适可以换一种方法或采用其他给药途径后再试一试。在进行替代治疗之前或进行治疗过程中要做好所有头痛发作的记录(包括偏头痛和非偏头痛性头痛发作)。

要　点

- 某项研究认为15%的女性其偏头痛发作与月经周期有关。
- 如果你怀疑自身的偏头痛发作与月经周期有关，那么请记录发作日记。
- 避孕药物对偏头痛没有太大的影响。
- 激素替代疗法对绝经期后的女性，有的会加剧偏头痛，而另一些则会缓解，要找到合适的疗法只有试一试。

儿童头痛

儿童和成人一样也有头痛发生。对5岁以下的儿童确诊很困难，但如果母亲是一位有心人，通常可以有助于作出诊断。

和成人一样，儿童也可以罹患各种类型的头痛，但大都常见于与感染性疾病有关的头痛、偏头痛和紧张型头痛。还有一些少见的头痛类型包括：与颅外伤有关的头痛，伴随头晕的头痛，反复晕厥发生的头痛，以及更为少见的脑肿瘤性头痛，而这些类型的头痛还有其他各自特有的临床表现和体征，因此可以有别于良性复发性头痛，如偏头痛。

反复发作的头痛
大部分儿童偶然发生头痛，有些是反复发作。可能是偏头痛或紧张性头痛。此时父母的关爱很重要。

偏头痛

和成人相同，对于儿童偏头痛同样缺乏辅助诊断的检查或标志，其诊断完全依靠病史和体格检查。儿童偏痛的特点之一是反复发生突然头痛，发作间歇期一点异常疾病的表现也没有；另一特点是都发生于健康儿童，找不到任何病因。如符合上述条件即可诊断为儿童偏头痛。

偏头痛女性患者多于男性，但在青春期以前，男孩和女孩的偏头痛发病率大约都是2.5%。

然而在11岁以后，女孩发病率开始显著增高，13~15岁时则更为突出。

偏头痛可能在很小年龄就开始。在一组研究中观察年龄为7岁的偏头痛患者，结果提示平均发病年龄为4.8岁。

临床特点

儿童偏头痛与成人患者的差别不是太大，但发作时间较短暂，常常持续仅1~4小时。胃肠道的不适较成人更为常见，如：恶心、呕吐和腹痛等等。

患偏头痛的儿童发作时表现为反复发生的腹部疼痛和旅途疲劳，而无偏头痛的儿童则没有这样的现象。偏头痛儿童睡眠不安稳，较多恐惧感，体格较单薄，更容易感到灰心。偏头痛成人患者的头痛表现较明显，而在儿童则没有那么突出。有些儿童出现不明原因的腹痛、面色苍白、健忘、恶心、呕吐，通过耐心细致地询问患儿可以了解到头痛的原因。这些孩子在年龄较

儿童的症状
胃肠道症状如呕吐常见于儿童偏头痛。如果孩子呕吐应在他的床头放个盆子和一小杯水。

小时没有头痛病史，而随年龄增长会出现类似上述的头痛发作。有部分儿童患典型偏头痛发作伴有先兆感，但其发病率低于成人。

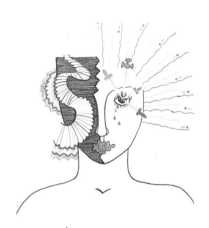

其他类型的偏头痛

成人常见的各种类型的偏头痛，如偏瘫偏头痛、眼肌麻痹偏头痛，合并头昏、眩晕的偏头痛，儿童的发病率相对较低。

带有先兆的偏头痛
有些儿童在偏头痛发作前期有视觉紊乱的体验，可以描述为弯弯曲曲或闪烁的光线。此图为13岁患儿所描绘。

诱发因素

诱发因素在儿童患者中主要以一种为主诱发致病，包括有运动、亮光、噪声、失眠、缺乏食物(特别是未吃早餐)、寒冷和激动，特别发生在接近生日聚会时。这些诱发因素基本上和成人患者相同。

治疗

儿童和成人一样，最好的治疗方法就是减少诱发因素从而防止发作，三餐要有规律，上学前必须有适当的早餐，如有可能午餐也要正规，不要吃巧克力或香脆的小点心。很多父母在孩子发生头痛时都感到恐惧，认为孩子可能得了脑肿瘤，虽然这是很少见，但如果你有疑问，可以向神经病学专家咨询，如有必要，专家会进一步进行全面的检查。

如果偏头痛需要治疗，应选择副作用小的药物，常用的有对乙酰氨基酚(扑热息痛)。如仅仅是想吐，医生可开药方，给予镇吐药物，如：甲氧氯普胺(metoclopramide)和多潘立酮(domperidone)，如果服这些药，医生应告诫家长服药后患儿可能发生痉挛样的不自主运动。这些症状虽然不会长时间存在，但使人感到心神不安，因此这些药不宜再服用。在英国，12岁以下的儿童不推荐使用阿司匹林，因为有可能产生严重副作用，出现肝、肾的损害，又称为Reye's综合征。

如果可针对发作进行有效的治疗，就没有必要通过每天给药来预防发作。除非头痛得无法忍受，一般不必给药。许多家长担心孩子在考试时会发生头痛，其实这样的发病很少见，即使发生了头痛，也会随着考试的结束而结束。

紧张性头痛

紧张和肌肉收缩性头痛可能发生于儿童，但相对多发于青春期，这样的头痛几乎每日都发作，没有特别的发作间歇期，可以持续1小时或一整天。

紧张性头痛和偏头痛发作不同，没有前驱症状或先兆感，有时患儿称自己觉得恶心，但从没发生呕吐。和偏头痛一样，紧张性头痛也没有异常的体征，诊断只有依靠详细的病史收集。如有可能，患儿必须先是自己留心，然后和家长一起观察病情。

最后，患儿的双亲必须亲自来观察，这是因为是孩子自己发生头痛，只有他自己知道头痛的程度如何，头痛的感觉像什么等等。家长则可以观察患儿的生活受到的影响和干扰，发作是否频繁，是什么因素导致头痛发生。

治疗

如果紧张性头痛已明确诊断，应当记住，这类头痛不能用治疗偏头痛的药物。虽然，有少数病例用对乙酰氨基酚（扑热息痛）或阿司匹林有效，但最重要的是要寻找病因。常见的原因是由于家庭不和或其他原因。儿童常常自称头痛来拒绝做他们不喜欢的事情，最简单的例子就是不喜欢上学。如证实孩子确是如此，那就一定要查明原因，可能小孩在学校受到欺侮，家长应和老师一起讨论有关问题。

有些孩子对父母关系的不和谐很敏感，利用头痛来表达自己的不满以及解脱困境。

另有很少的一部分儿童，他们诉说的头痛可能和实际存在的病情有很大的出入。这样的病例，家属必须和孩子一起到内科或精神专科医生那里进一步治疗。

青春期头痛
成长过程中的情感骚动，伴随着学校功课的压力，这些都会引起青春期周期性头痛。

要　点

● 偏头痛可以在很小的年龄时就首次发作。
● 儿童偏头痛发作比成人短暂，但腹痛、恶心、呕吐则较成人常见。
● 摄食少是儿童发生偏头痛的诱发因素之一，应鼓励患儿三餐有规律地进食。
● 儿童紧张性头痛可能是因为家庭摩擦或畏学情绪所引起。

偏头痛的药物治疗

药物治疗对于头痛发作的治疗来说很有必要，但最重要的不是单纯依赖药物治疗。在全面医治偏头痛的过程中，自我预防，寻找、确定和防止诱发因素(第38~41页)，并以此来预防偏头痛是最重要的。

由于药物不能治愈偏头痛，患者常因此而感到沮丧。虽然不能治愈，但药物和非药物治疗可以缓解偏头痛发生的严重程度，减少头痛发作。偏头痛发作方式在数年后发生变化，在频繁发作后的无症状间歇期可以是几个月甚至是几年，这就意味着治疗方案也要随之改变。

治疗偏头痛分为两大部分，即急性期治疗和预防治疗，所有药物都有副作用(包括草药)，但如果处方准确，这些副作用是很小的。如果你已经服药治疗急性发作，那么不必为了预防发作而天天服用这类药物，否则，这样过量地服药亦可能加剧头痛。

止痛药片

阿司匹林、对乙酰氨基酚是有效的缓解症状的止痛药，应尽早在发作初期服用。绝对不能超过指定的剂量。

急性期治疗

在偏头痛发作的时候应用药物治疗称为

急性期治疗。这些药物包括从药房或超市买来的止痛药片，大多数特别用于治疗偏头痛的药物属于处方药。

非处方药

药房中的非处方药物包括去痛片：阿司匹林或对乙酰氨基酚。有时这些药物和其他类药物合用以提高疗效(如和可待因合用或和抗组胺药合用)，可以有助于减少恶心感。有的药片是特别为治疗偏头痛而研制的，药剂师可以帮助你安全使用这些药物。这些药物有一些轻微的差别，可根据你个人的情况进行选择。

非处方药物

向药剂师询问如何选用合适的治疗偏头痛药物以及这些非处方药的特性。

为取得最好的效果，应在发作早期服药，越早越好，但不要超过最高限定的药物剂量，如药效不好或需要加大剂量，请和医生联系以便获得正确指导。

处方药

如果仅服用去痛片并无效果，医生可能给你开抗呕吐药物如多潘立酮(dompe ridone)或甲氧氯普胺(metoclopramide)，可以促进所服用的常规去痛药更有效地吸收进入血流中。好几种治疗处方都是单一使用去痛药物治疗偏头痛，特别是同时有颈、肩部肌紧张的偏头痛发作。有一类称作非固醇消炎药物(NSAIDs)包括双氯芬酸(扶他林)、萘普生、tolfenamic acid。有些药物可以使用栓剂，特别是呕吐难以服药时很有效。

专门用于治疗偏头痛的药物不同于一般止痛片，主要作用是收缩扩张的脑部血管来达到治疗偏头痛，以及逆转偏头痛时脑内发生的化学变化。这类药中的其中之一麦角胺已经应用70余年，其他新类型的药物triptans在20世纪90年代初就已开始使用。麦角胺和triptans对偏头痛治疗都很有效，但无法常规地用于每一个偏头痛发作者。使用麦角胺治疗严重的偏头痛发作，必须在发作早期尽快服用。另外如果服用其他去痛药物一个小时以后仍无效的，可以选用上述两种药物。孕妇或哺乳妇女则不推荐使用。

麦角胺(复方咖麦胺，MIGRIL,LINGRAINE)

麦角胺常用于一般止痛药无效的病人。它是血管收缩剂，有片剂(有的是舌下含服片)和栓剂，还有吸入剂，适合于哮喘患者，也特别适合不能接受服药片的患者使用。

麦角胺可以加剧恶心和呕吐，特别剂量太高的情况下容易发生。这一副作用可以通过服用相应的拮抗药物来解决，拮抗药物可以和麦角胺同期服用。服用麦角胺的另一典型的副作用是头昏和肌肉痉挛，解决的办法是尝试小剂量治疗，将服用药减半，或栓剂减半应用，栓剂减半的方法可以用加热后用小刀沿纵轴将栓剂切成两半。

要获得最好疗效，则应在发病早期(越早越好)服麦角胺，不要超过推荐剂量，以防副作用产生或引起麦角胺诱导的头痛。麦角胺不应在缺血性心脏病或高血压病人中使用，因为有可能加剧该病情。

TRIPTANS

目前triptans一类的药物有四种，sumatriptan(苏马普坦)、naratriptan、rizatriptan、zolmitriptan。这些药物作用脑内的5-羟色胺受体，用于收缩偏头痛发生时扩张的脑部血管，它们不像麦角胺那样会使全身血管收缩。

症状复发
和一些令人不适的副作用一样，苏马普坦有时缓解症状仅24小时，在此后的几天里症状复发，患者仍感不适。

triptans一类的药物作用于偏头痛患者的局部血管，但有部分人不能应用该药，如：缺血性心脏病、控制不好的高血压病，凡是家族中有脑卒中、心梗病史者、抽烟者、糖尿病者，均认为是心脏病发作或脑卒中的高危人群，他们在服用triptans前一定要经过医生同意，并进行详细的体格检查。这类药物的典型副作用包括恶心、头昏、疲劳、身体某一部位有重负感。头痛复

64

发是治疗时遇到的另一问题：本类药物可以有效地阻断头痛发作，但往往在服药后不久（可能是当天）或第二天凌晨头痛又复发。解决的方法通常是增加服药剂量。偶尔也有患者在数天内反复发生头痛，特别是有偏头痛的妇女月经来潮的时候。虽然说triptans一类药物可有效地作用于偏头痛发作的任一阶段，但在头痛初发阶段服用可能效果最好。典型偏头痛的先兆期服用本类药物可能效果较差，因此建议这类患者在头痛开始发生时服药最好。

苏马普坦(英明格)

苏马普坦是最早的triptans类药物，药物剂型有片剂、自助式针剂以及喷鼻剂型。苏马普坦不能和麦角胺或其他triptans类药物同时应用。有些抗抑郁药也不能合用，对磺胺类药物过敏者不能使用本药。

NARATRIPTAN (NARAMIG)

本药只有片剂，在症状有反复时，必须在第一剂药起效后再服第二剂药。Naratriptan的起效时间较苏马普坦慢，但副作用小。有磺胺类药物过敏者不能使用Naratriptan，使用美西麦角预防偏头痛的患者也不宜使用本药。Naratriptan不应与麦角胺或其他triptans类的药物同时服用。

RIZATRIPTAN(MAXALT)

本药剂型为带有薄荷味的糯米纸囊剂，这种剂型适合于恶心、呕吐的患者，但起效较片剂要慢一些。第二剂量给药应在第一剂量服用有效但症状有反复时。不能和麦角胺或其他triptans药物同用。有些抗抑郁药不能和Rizatriptan合用。

ZOLMITRIPTAN(ZOMIG)

本药可用剂型为片剂，比其他triptans药物有进步，可以在第一剂量服用后未起效时服用第二剂量。本药不能和麦角胺或其他triptans药物同时合用。在和预防头痛以及治疗抑郁症的单胺氧化酶抑制剂一类药物合用时，Zolmitriptan用小剂量。对于某些心律失常如预激综合征的病人不能使用本药物。

预防性治疗

如果偏头痛频繁发作干扰了患者的工作和生活，医生们会建议患者服一个疗程的药物即每天服药来预防头痛发作。

预防疗法的药物帮助偏头痛患者打破病理循环，因此在疗程结束后头痛发作可能被控制一段时间。但必须注意预防疗法并不是用来治疗头痛发作，因此在头痛的时候，患者平时常用的止痛药物仍然应该及时服用。

预防性用药有许多种，但很少是特别针

对偏头痛治疗而研制的。最常用的几种预防用药列表于下一页中。

当医生给你的预防药物中有标有原本用于治疗高血压或抑郁症的文字时，你不要觉得奇怪。因为研究和实践表明这类药物对治疗偏头痛很有效。因此即使偏头痛患者没有高血压或抑郁症，也可以用这类药来作偏头痛的预防性用药。

应当向医生询问这些药物的副作用。如果偏头痛可以得到缓解，这些副作用一般说来是很小的，大多数患者都可耐受。

预防性治疗应有足够的治疗时间才能显示效果，常常可以看到患者由于工作忙而停止服药。坚持治疗 3 ~ 4 周以后你就可以看到病状改善。如果情况不是这样，患者应再找医生帮助，有时必须在剂量上做些小调整或者改换其他的治疗方法。

如果你不喜欢每天服药片，可以和医生商量一下改用其他方法，这样比放弃治疗要好得多。

其他疗法

其他少见的偏头痛类型其治疗方法基本和典型偏头痛、普通型偏头痛一样。丛集性头痛(第33 ~ 35页已描述)比偏头痛更难治疗，因为疼痛剧烈以及每一次发作的时间相对都比较短暂，由于发作持续时间太短，以至于止痛药不能充分发挥其治疗作用。

治疗偏头痛的预防性药物

　有很多种的药物可以用来预防偏头痛，它们都有发生副作用的可能，有些人反应较微而另一小部分人则较严重，应该和医生一起商量对策并接受指导。

阿米替林

一种抗抑郁药物，如果头痛患者伴有抑郁，应用本药效果好。

剂量：基本量为10mg/晚，如需要可增至75mg。

副作用：特别容易出现在服药头两周，口干、嗜睡。

β受体阻滞剂

这类药物可选用美托洛尔、普萘洛尔、马来酸噻吗洛尔和纳多洛尔。适用于伴有焦虑和紧张的头痛病人。

剂量：以普萘洛尔为例起始量10mg，一日三次，2周后可增加剂量。

副作用：疲劳、睡眠障碍、手脚冰凉。

赛庚啶

一种抗组胺药物。

剂量：基本量每晚4mg。

副作用：头昏、嗜睡。

美西麦角

麦角衍生物。

一般用于住院病人，在监护下使用。

苯噻啶

具有抗组胺，拮抗5-羟色胺，抗抑郁的特性。

剂量：基本量0.5mg/晚。

副作用：嗜睡、食欲增加、体重上升。

丙戊酸钠

抗癫痫药物，孕妇和肝病患者不适合用。

剂量：基本量200～250mg，一天两次，如需要可增加到400～500mg，一天两次。

副作用：恶心、胃肠不适、脱发、手抖。

苏马普坦(英明格)皮下注射对70%的偏头痛发作有效。酒石酸麦角胺，每次一毫克，每天两次的剂量，对丛集性头痛有一定疗效。其他的预防性治疗可用泼尼松和锂制剂。以上药物治疗应该经医生处方和指导才可使用。

如果这样药物治疗无效，可以试一试100%纯氧吸入疗法，给氧速率控制在7L/min。此法可使80%的头痛发作缓解。

钙通道阻滞剂

在英国钙通道阻滞剂未获得批准应用于治疗偏头痛，但这类药物在其他国家已有广泛的应用。

非固醇类消炎药

本类药物虽然偶尔用于治疗月经期偏头痛，但未被常规用于偏头痛的预防治疗，对于因药物滥用引起的头痛治疗，推荐应用本类药物一疗程。

要 点

- 偏头痛可能在很小的年龄就初次发作。
- 偏头痛的药物治疗主要有两大类：急性期治疗和预防性治疗。
- 在头痛发作时应尽早使用急性期治疗药物。
- 预防性治疗药物服用3～4周后才会产生预防效果。
- 如果某一种药物治疗效果欠佳，应该请医生帮助调整用药剂量或更换不同的治疗方法。
- 丛集性头痛可以吸用100%的氧气进行治疗。

偏头痛的非药物治疗

接近70%的偏头痛患者都曾试过替代药物的治疗方法，许多的非药物疗法可有助于减少诱发因素的致病作用，特别是颈、背部的疾患。

除物理疗法和顺势疗法以外，大部分的非药物治疗都不能被国民健康中心接受。其费用差别很大，因此在接受治疗前应了解一下价格。

物理疗法

理疗师需医学专家的配合。在英国理疗师的执照分为SRP和MCSP两种，受过3~4年的基本课程训练，有些理疗师具备针灸、电疗、手法治疗的资格，还提供生活训练和指导。

整骨术和按摩

整骨和按摩治疗与骨头相关

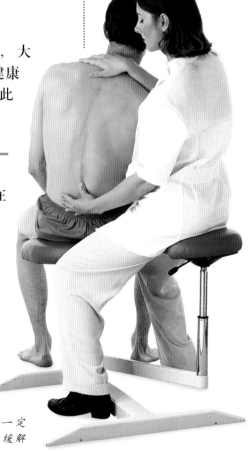

物理治疗

物理治疗特别对颈、背部的病患有一定的疗效，可以帮助部分偏头痛患者缓解病痛。

的疾病，按摩师特别注意治疗脊柱及其相关部位肌肉的功能紊乱问题。在英国按摩师联合会注册的按摩师都要经过4年的培训课程，证书有MBCA、MCA和MIPC三种。

同样的，经过注册的整骨师其使用执照分为GCRO或GOsC，整骨医生的执照则是MLCON。

天然疗法

小白菊鲜草(如上图)或片剂成品可以用于偏头痛的预防性治疗。

草药治疗

研究表明，草药小白菊可以预防偏头痛发作，它的拉丁文名为Tanecetum parthenium，是雏菊属植物。小白菊鲜叶和药片有同样的功效，每天使用4片以上新鲜叶子或200mg的药片，通常就已足够了。但在头6周一般不会表现出特别好的效果。因为是药物，所以难免有副作用，包括口腔溃疡、胃痛，偶有嘴唇肿胀。孕妇和哺乳期妇女禁用。

生姜和薄荷可帮助减轻恶心并促进消化，黄衣草(Lavender)油涂头颞部可减轻头痛。

草药师的资格认定使用的注册证书有MNIMH、FNIMH、FRH或IMH 4种。

东方的疗法

源于东亚，生姜常被作为草药用以缓解恶心。

针刺疗法和指压法

目前尚不清楚针刺疗法是怎样防止偏头

痛发作，但有些患者确实发现针刺治疗很有效。在头痛发作时在压痛点施以压力(指压法)也可以有效缓解头痛。

指压法的作用点可以通过较轻柔的压力在头颞部肌肉或向下在颈项部和肩部寻找。当你感觉到压痛时即可适当地增加压力，经注册的针灸师所使用的证书有MBAcA、FBAcA、LicAc、BAc或DrAc五种。

顺势疗法

顺势疗法的基本原则是用一种与病原相似而不相同的物质进行治疗或预防疾病。患者接受医生开给的少量某种药物并能产生偏头痛类似症状。

药物的推荐完全依照其在每一个体上所出现的确切症状，因此有相同病患的两名患者可能要接受不同的治疗。

顺势治疗应该是有资格证书的注册理疗师协助辅导。

在英国有好几家国民健康中心所属顺势治疗专科医院，因此如果患者觉得这种疗法不妨一试，可以与医生探讨治疗的可行性。

指压
按压某一特定位点，如头两侧的颞部(太阳穴)可以缓解偏头痛。

偏头痛的非药物疗法

- 物理治疗
- 整骨术和按摩
- 草药治疗
- 针刺疗法和指压法
- 顺势疗法
- 心理治疗
- 推拿和芳香疗法
- 瑜珈
- 亚历山大手法

心理治疗

每个人都会遇到烦恼，但要完满地处理好也不容易。心理治疗可以帮助患者了解心理压力的存在，并寻找解决的途径。因为心理压力和焦虑可以诱发偏头痛发作，部分患者发现心理治疗在缓解偏头痛方面的确有效。

推拿和芳香疗法

推拿有助于放松肌肉，减少肌肉紧张，如能定期进行，可以使偏头痛的发生大大减少，特别是由于精神压力所引起的发作类型。推拿结合芳香油的使用(芳香疗法)特别有效，因为芳香油还能缓解失眠、鼻窦炎疼痛等。

瑜珈

练习瑜珈可以帮助伸展身体的肌肉群和韧带，还可调整呼吸，放松心情，减轻心理压力。在英国许多的康复机构、健身俱乐部有瑜珈课程，也有音像磁带，帮助自学瑜珈。可以在一些大的书店里买到这些音像磁带。

缓解疼痛
有些偏头痛患者发现练习瑜珈可以缓解头痛。

亚历山大手法

这种手法是由亚历山大(F.M.Alexander)创导的，他认为不良的体姿会引起病痛，主张放弃不良的动作习惯，校正头和颈部以及身体其他部位之间的位置关系。这种疗法可以有效地减轻头痛患者存在的颈部僵直肌群紧张的问题。

要 点

- 接近70%的偏头痛患者在不同时间都会尝试应用其他的医学治疗方法。
- 非药物治疗方法包括物理疗法(理疗、整骨疗法、脊背按摩、针灸、瑜珈、推拿和亚历山大手法)以及顺势疗法，心理治疗和草药疗法。
- 许多的非药物疗法其有效性因人而异。

纠正不良姿势
亚历山大手法治疗师在于帮助患者调整坐姿以减轻头、颈部轻微牵拉伤所带来的不适。

头痛的其他类型

头痛可以是由许许多多的不同因素的病因所引起。这些病因包括：精神压力、眼疲劳、药物过量、鼻窦炎、高血压和头、颈部损伤。只有极少数的病例是由于更严重的病因引起的头痛，如脑肿瘤。

紧张性头痛

紧张性头痛主要表现为疼痛或紧拉、重压、紧缩的感觉。每次发作在疼痛强度、发作次数、持续时间上有很大的不同。患者会告诉你头痛的不适天天都发生，无法摆脱。紧张性头痛发生于整个头部，不同于偏头痛仅发生于头的一侧。慢性发作者常常醒来就痛，持续一整天。感到头部沉重，疼痛不适，像带子束缚于头部。有些患者形容除了整个头部的不适外，还附带有头的某一局部突然的针扎样疼痛。

剧烈的阵发性头痛往往发生在凌晨，以

紧张性头痛的感受
工作和情感方面的压力可以导致紧张性头痛产生。这类疼痛因人而异。

紧张性头痛的疼痛部位

和典型偏头痛的发作情况不同。偏头痛大都发作于头部一侧。紧张性头痛常常是在头部有大片的疼痛区或感觉像有带子紧紧束缚于整个头部。

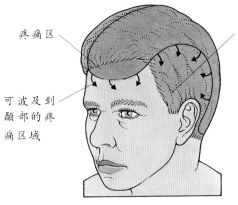

疼痛区

紧张性头痛可以波及头部两侧

可波及到颞部的疼痛区域

后逐渐转变为钝痛，要持续一整天。较轻的头痛发作和一些常见的精神压力有关系，如准备晚宴或准备外出度假；而较为严重的头痛发作，往往在一些不愉快的情况下发生。

紧张性头痛和偏头痛不同，不会引起视觉的紊乱，但这类患者常常畏惧强烈的光线。

有时患者注意力难以集中，可能有焦虑和抑郁情绪，而焦虑又使头痛加剧。患者经常表现肌肉收缩的体征，如下颌部紧张，手握拳状以及常常焦躁不安，不停敲击手指。

紧张性头痛的治疗

如果有焦虑和抑郁存在，就必须同时治

疗。本病患者应避免服用大量的止痛药物，否则将导致病情加剧。

医生常常会开温和的镇静或安定类药物，这类药物可以有效地阻止发作或减轻剧烈的头痛，但不宜使用太长时间，以防发生药物的依赖或成瘾。

消除不安心理也是治疗的一个重要部分。由于剧烈头痛和痛苦情绪，患者常常会疑心自己是否得了脑瘤或其他严重疾患。经过医生的问诊和体格检查，可以帮助患者解除恐惧的心理。

医生很可能会明白地向患者说，紧张性头痛完全治愈的可能性不大，但经过治疗，头痛发作次数和严重程度都可以减少或减轻。

上述方法可以帮助你克服自己的病痛，而不受头痛的困扰。

眼疲劳

头痛可以是因为支配眼球活动的肌肉活动不平衡或疲乏而引起。通常是由于近距离视物工作引起，这一类头痛可以通过配带眼镜来改善病情。

眼肌乏力

眼肌聚焦能力的减退或眼肌乏力，有时可能引起头痛。在用眼过程中头痛程度逐渐加剧，这种现象也常常发生于看书、操作电脑或长时间近视距工作。

通常感觉在眼睛周围不舒服和眼痛。疼痛起于眼部逐渐加剧并放射到头部前额和颞部。有时会出现视物模糊的现象。通过配戴合适的眼镜可以纠正眼睛不适而改善头痛。

眼肌活动失衡

过度或持续的眼肌收缩，以保持眼的正常视力，是发生头痛的另一原因。一个常见原因是眼睛不能会聚物体而出现复视，在读书、缝纫或其他用眼的工作时头痛加剧。

用眼疲劳一般不产生头痛，除非存在视力减退或眼肌失衡时才可能出现头痛。因此疑有眼部疾患时应进行专科检查并按医生处方配带眼镜。

滥用药物

在过去几年里越来越清楚地表明许多药物对患者产生不利的作用，特别是一般去痛片的使用也存在这种问题。为了防止头痛，任何人每周2～3天服用常规量的去痛片，有可能发展为每天都会发生的头痛。这些去痛片可以在许多地方买到，不仅仅在药房、超市、杂货店等。这些去痛片大都含有对乙酰氨基酚或阿司匹林，各种各样类似的药物，且药名也各不相同。如果你每天服药，要查

阅读疲劳
在光线不足时读书容易诱发头痛疲劳。应确保阅读时有足够的光线。检查眼疾应找专科医生。

看一下药物的成分及用法。经常在包装袋或盒子上会标明每天服药不要超过6~8片，如果没有说明，你就不要继续服用。

过多地服去痛片，不但无助患者摆脱病痛，反而可导致每天头痛。解决这种头痛的唯一办法是停服这一类去痛片。

如果由医生来解释这些问题，大多数患者可以接受去痛片产生毒副作用的现实，并准备停用他们所服的药片。特别是应当向患者指出，如果不停药，所患的头痛会持续存在，并且对其他疗法还有拮抗作用。

其他由于治疗偏头痛的药物，如酒石酸麦角胺，如果服用过量，也将产生每日头痛。凡是超过处方药量，任何一种药物都会有危险，这样强调，并不多余。

鼻窦炎

急性鼻窦炎发生时常有头痛和发烧，同时伴有受累的鼻窦局部疼痛。当摇晃或突然的运动以及弯腰时头痛可以加剧。在鼻窦的发炎部位会有轻压痛，有时下眼睑还有些肿胀。鼻窦炎治疗通常采用抗菌素和减轻粘膜充血的药物。

前额部闷痛以及两眼之间，鼻背部两侧说不清的不适，常认为是由于慢性鼻窦炎所引起，但大多数病例没有发现鼻窦炎感染的证据。因此如有疑问应该尽快找五官科医生咨询。

鼻窦炎波及的疼痛区

急性鼻窦炎(鼻窦感染)常有全头痛和发烧。受感染的鼻窦部位可有轻度肿胀和轻压痛。

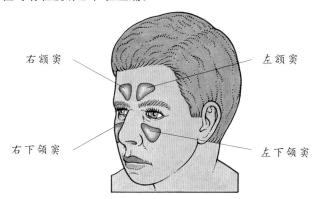

右额窦 左额窦

右下颌窦 左下颌窦

头部损伤

大多数的人在头部外伤后常有头痛发生。当头部外伤相对较轻时，患者不伴有意识障碍，头痛常常在伤后数小时或数天后逐渐消退。如果经过较好的休息也可以减轻这一类头痛，可以平卧于床上直到头痛缓解。普通去痛片如阿司匹林或对乙酰氨基酚可以有一定效果。

当头颅外伤较严重且患者出现神志不清，即使是意识障碍时间不长，也应到医院就诊，这点十分重要，可能还要在医院里观察一夜，因为患者有颅内出血的危险。颅内出血还会有其他病情表现。

脉搏缓而有力、神志模糊和意识障碍是颅内出血的病情表现，头颅内出血可以使颅内压力增高，危及生命，必须经外科治疗。

高血压

适当水平的血压是很平常的事，一般不引起头痛。血压超过正常水平会引起头痛，这类患者在适当降压后，头痛可以缓解。高血压头痛大都发生在头枕部，可在睡醒时出现，常为搏动性疼痛。许多人被告知有高血压，常常对头痛感到担忧。这一类头痛常在消除疑虑、休息以及足够的睡眠之后可以得到改善。如今高血压病人都可得到有效的治疗。

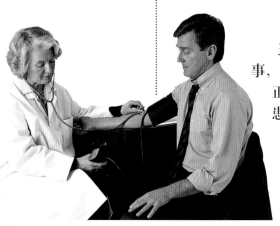

检查血压
血压高常可导致搏动性头痛，医生通过血压测量来明确患者是否患高血压病。

颈部损伤

在40岁以上的人群中大多数都有颈椎关节强硬的改变(颈部活动受限)，可以在X光检查中看到。这些人当中大都没有症状出现，但是有时颈椎上半部的病变可以引起背部及颈部疼痛并扩散到头枕部。

最常见的颈部损伤——挥鞭样损伤，常见于车祸发生时，来自车后的冲击力使得头部后甩前展超出正常的活动范围而引起。

挥鞭样损伤

挥鞭样损伤常发生于车祸时，当车尾被突然撞击，冲击力和惯性的影响导致颈部被急速后拉，韧带也受牵拉，如果此时汽车又突然停车，惯性的作用使颈部又急骤向前弯曲，韧带又再次反向牵拉。

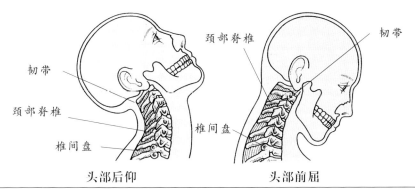

头部后仰　　　　　　　　　　头部前屈

　　紧随着上述损伤之后颈部广泛疼痛，持续数小时到几天。颈部和头部普遍存在疼痛，造成颈部活动受限，早期头部疼痛就像是颈痛的延续部分。疼痛延着头枕部向上传导，直至前额头部，可以是偏于一侧，也可以是全范围的头颈部痛。疼痛常常被描述为钝痛或沉重感，突然的颈部活动可以使疼痛加剧。

　　在大多数受伤者，疼痛可以在数天或数周以后缓解，但有时疼痛持续存在并发展为完全的挥鞭样损伤综合征。头痛剧烈，常常发生在早晨醒来时或精神体力疲乏时，也可以是颈部的某些活动引起剧痛，但有时颈部另一些活动或头部的某一姿势可以缓解疼痛。

　　伴随的症状有头昏、耳鸣、喉部不适感、记忆力减退、注意力受影响和疲劳。

颞动脉的表现

颞动脉炎可以发生于头部的两侧或一侧，局部可有炎症样表现(轻微红肿)和轻压痛。受累头皮血管周边区域疼痛可导致持续性头痛。

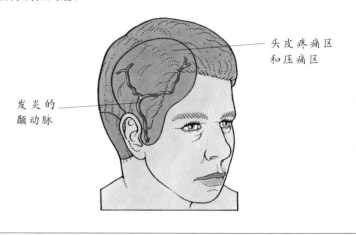

头皮疼痛区和压痛区

发炎的颞动脉

体格检查头颈部肌肉有轻压痛，头部不自然且僵硬。治疗包括休息、止痛药物、戴颈部护套和理疗。颈部护套必须戴到疼痛消失，颈部肌群的肌力完全恢复时为止。

颞动脉炎

颞动脉炎常发生于50岁以上人群中，特别是女性，疼痛常常开始于颞部头皮血管，动脉变得粗大，搏动减弱，当触及病变血管时有压痛感，覆盖在病变血管上面的皮肤发红。大多数患者诉说头部一侧或两侧头痛，血管病变侧更明显，有时咀嚼动作也可引起颌部肌群的疼痛。

颞部头皮动脉炎可以波及颅内血管，发生同样的病变，特别是提供眼睛血循环的眼动脉。如果病变发生，常可影响视力甚至失明。因此如果患者是50岁以上，头痛进行性加剧，经久不愈者，应立即找医生治疗。类固醇药物可以快速缓解头痛，颞动脉炎对治疗的反应敏感，但必须在病情好转后再持续治疗一段较长的时间。

脑肿瘤

多数人在遇到头痛持续或反复发作时常常产生担忧，怀疑是否由于脑肿瘤所引起。其实可能性很小，因为脑肿瘤的发病率较低，而且以头痛作为单一症状的脑肿瘤患者也是很少有的。如果头痛伴随有手和脚的乏力和感觉异常，那你就应该找专科医生进行咨询。

要 点

- 其他类型的头痛包括：紧张性头痛、药物滥用、眼疲劳、鼻窦炎、高血压、颈部挥鞭样损伤、颞动脉炎、脑肿瘤所引起的头痛。
- 超出处方剂量用药，对于任何药物来说都是危险的。
- 脑肿瘤很少仅以头痛作为唯一的症状表现。

展望未来

未来的药物

医药制造业正在致力于偏头痛发病机制的研究,力求生产出更有效的治疗药物。

尽管我们认识偏头痛这一疾病已经有3000多年的历史,但直到20世纪,偏头痛发病机制的研究进展还是很小。

为了驱除头痛这个魔怪,远古时代的治疗除祈祷和咒语之外,还使用了十分危险的颅骨钻洞治疗方法。颅骨钻洞就是在颅骨上移去一小片的颅骨,目前发现有钻洞痕迹的颅骨据考证是公元前7000年遗留下来的。这种方法是否对头痛有效,现仍不得而知。然而,有证据表明在17世纪的法兰西,也用颅骨钻洞的方法治疗难以驾驭的偏头痛。

其他古老的治疗方法似乎也有一些效果,例如,古埃及的一种疗法是用亚麻布条将鳄鱼的肉泥包在患者头部,并在亚麻布上写上神灵的名字,束缚头部所产生的压力很可能就有缓解头痛的作用。

药物研究的目标

现今,制药业正在竞相研制新的药物它将比以往治疗偏头痛的药物更加有效且高作用更少。虽然 5-羟色胺是现代研究中所关注的焦点，但 5-羟色胺仅仅是人体中许多的化学信息递质之一，而且它在偏头痛的发病中也不是单独起作用的。事实上有许多其他的药物也用于偏头痛，这引起了对 5-羟色胺的发病机制的质疑。目前尚无足够的证据可以明确 5-羟色胺是偏头痛的病因，可能还存在目前尚未明了的其他化学物质，它们在偏头痛的发病机制中可能扮演更重要的角色。

进一步研究的成败关键就在于有关偏头痛的病理机制还存在大量的未知数，模糊不清的许多理论还需要进一步求证，许多疑问还未得到澄清。头痛以外的其他临床因素还要进一步探讨。例如：刺激性气味、酒等等诸多诱发因素为什么会引起头痛发作、如何引起？为什么有些患者会有预警性的先兆发生？为什么有的患者伴有恶心、呕吐？所有这些偏头痛有别一般头痛的鉴别特点，其机制也有待进一步的研究。

探索偏头痛发作的基因环节

有关偏头痛是否有遗传性的争论已不是新的话题，虽然缺乏有基因联系的依据，但是观察偏头痛患者的家族可以发现其中至少一名成员有类似的病情存在。基因研究的难点之一是偏头痛诊断的准确性问题。例如：某一家族每个成员可能都是偏头痛患者，但所患的偏头痛都不能确诊，原因可能是有

家庭中的头痛患者

虽然尚未发现偏头痛的发病基因，但偏头痛有家庭成员共同患病的现象确是客观事实。

1~2个成员较少发病而引起漏诊，显而易见这将影响研究结果的准确性。更深层次的研究难题是偏头痛的产生是复杂的内外因素共同作用的结果，并非单一因素影响所致。

尽管存在这些限制性的难题，医生们还是渴望探索到和偏头痛发病真正有关的遗传基本信息。长久以来有这样的想法，即认为与遗传环节有关的可能是偏头痛发作阈值，也就是头痛的易感性可能与遗传有关。在基因研究方面的最新进展使得特殊基因的分离提取成为可能，对所有类型的偏头痛致病基因的识别，从理论上来说是有可能的。

偏头痛的辅助检查

现今还缺乏有效的辅助检查手段来确切诊断偏头痛。偏头痛的诊断主要依赖于患者向医生诉说的病情，因为偏头痛病人除头痛外，往往没有其他特殊表现或体征。在诊断不明确、需要和其他原因引起的头痛进行鉴别诊断时，辅助诊断就显得很有必要。

对大多数医生来说头痛发作的病史和体格检查资料通常就足以帮助做出准确的诊断。但对于经验有限的医生来说并不是件容易的事。为了能做出更准确的评价，研究者正试图研制出能对偏头痛作出准确诊断的辅助检查方法，并且不产生假阴性的结果。

转变观念

偏头痛研究的很多大的进展大都建立在传统观念的转变上。例如：由于生物化学量化方面的进展和变化，目前认为偏头痛是器质性的疾病，这和过去认为是神经功能性或心理性的观点相去甚远。

研究资料不断的增加也提高了对偏头痛整体的认识，从而使患者认识到他们并非孤立无助的。

虽然在治疗偏头痛方面仍存在许多令人困惑的问题，但是有许多治疗方法(药物或非药物性)可以有效地协助患者克服偏头痛。

从使用咒语和在颅骨上钻孔作为唯一的

偏头痛治疗方法以来，人类已经走过了漫长的历程。但是对偏头痛的斗争主要取决于偏头痛患者自己。大量的资料表明偏头痛患者可以自己帮助自己，克服病痛，英国偏头痛患者协会的成功经验说明了这一点。

为了进一步提高治疗偏头痛的水平，必须准确了解偏头痛患者在人群中的分布情况。要做到这一点很大程度上依靠进一步提高对偏头痛的整体认识，帮助患者了解他们所患的头痛可能是偏头痛。辅导患者处理头痛发作以及帮助他们解除对疾病的种种疑虑。

要 点

● 医药行业正继续探寻更加有效的治疗偏头痛的新药。

● 验证偏头痛的发病基因，从理论上说是可行的。

● 科研人员正在研究用于准确诊断偏头痛而不产生假阴性或假阳性结果的检验方法。

问题解答

我在25岁时第一次发生偏头痛，是不是今后一辈子都要与病痛作伴？

　　回答可能是否定的，因为每个人都有各自不同的情况，结果也不相同。偏头痛发生常见于年轻人，大约在20岁以前发病。有一项调查表明，到头痛专科医院就诊的头痛患者平均年龄38岁。大多数患者发生头痛在中年以后减轻甚至可以完全消失，极少数可持续发病一直到晚年。

　　为什么到中年以后头痛会改善，其原因还不清楚。许多理论被提出，一种说法是中年以后精神压力减少，因此精神压力诱发偏头痛的机会大大减少；另一观点认为妇女在绝经期以后激素调节方式更有规律，同时雌激素的撤退，使得头痛减少，持续时间变短。还有其他观点认为，年龄增加，血管对于血循环中的活性物质的反应变得迟钝，因此血管的收缩和扩张就不那么容易。

晒太阳时间长了会引起头痛吗？

　　进行日光浴，在太阳光下时间太久可以引起头痛。虽然有小部分人十分敏感，短暂地暴露在阳光下就会头痛，但大部分情况是在环境恶劣，气温高，曝晒时间太长伴有脱水症状时发生头痛。它的症状是高烧伴剧烈头痛。如果你生活在热带地区要注意补充盐和水分。

我听说性交能诱发头痛，是真的吗？

　　头痛可能和性活动有关联。这种病状有好几种名称：良性性交头痛、兴奋性头痛、良性的与性交相关的头痛、霹雳性头痛(这一名称最让人恐怖，它描述了有如爆裂样的特征)。

幸亏这种头痛很少是由恶性病因所引起，但病症的确大煞风景。少数人头痛和性交活动关系密切且有规律，大部分人会有一段时间的缓解期，缓解多长时间不能预测，最长可有几年时间不发生。

头痛开始于兴奋高潮时，感到头枕部钝性绞痛，开始5～15分钟十分剧烈，过后逐渐减退，有时钝痛会持续24小时。颈部肌肉的痉挛可能是主要原因，但是每一个有这种体验的人都应该找医生明确诊断一下。

是否人造光源，特别是荧光灯

容易诱发头痛?

夜晚使用人造光源并不是最理想的，如果加上亮度不够，则有可能因为眼疲劳引起头痛。一般荧光灯来说提供的光线是比较好的，但闪烁不断，对一些敏感的人来说会引起头痛，如果荧光灯的光线恰当地调节，则闪烁的现象就不会发生。反复发生闪光现象也可能成为头痛的诱因。

整天操作电脑的人，有时也有头痛的主诉，部分原因是他们注视小小的显示屏时间太长的缘故。使用计算机的人员最好经常地休息一下，这一点很重要，专家建议最好是每20分钟放松一下。如果你发现自己的颈部僵硬，可以做些伸展运动来达到缓解的目的。

索引

记　录